TQE

El ruido que hace alguien cuando no quiere hacer ruido

Un cuento de John Irving

Ilustraciones de Tatjana Hauptmann

Traducción de Victoria Alonso Blanco

TUSQUETS
EDITORES

Tom se despertó, pero Tim no. Era en plena noche.

–¿Has oído eso?
–preguntó Tom a su hermano.

Pero Tim sólo tenía dos años.
Y no solía hablar mucho,
ni siquiera cuando estaba despierto.

Tom fue entonces a
despertar a su padre
y le preguntó:
   –¿Papá, has oído
ese ruido?

11

–¿Un ruido? ¿Qué clase de ruido era? –quiso saber su padre.

–Era como si un monstruo sin brazos ni piernas intentara moverse –respondió Tom.

–¿Y cómo puede moverse si no tiene brazos ni piernas? –preguntó el padre.

–Pues arrastrándose –contestó Tom–. Arrastrando su cuerpo peludo por el suelo.

–¡Ah!, ¿pero tiene pelo? –preguntó el padre.

–Sí, y avanza apoyándose en los dientes –añadió Tom.

–¡Vaya, también tiene dientes! –exclamó el padre.

–¡Ya te lo he dicho! ¡Es un monstruo! –respondió Tom.

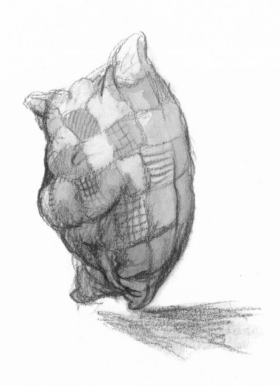

–A ver, explícame mejor cómo era ese ruido que te ha despertado –le pidió su padre.

–Era como si un vestido de mamá, de esos que guarda en el armario, de repente estuviera vivo y quisiera saltar de la percha.

18

–Vamos a tu habitación y escuchemos ese ruido –propuso su padre.

Allí estaba Tim, que seguía dormido y aún no había oído el ruido.

Era un ruido como si alguien, debajo de la cama, estuviera arrancando los clavos del suelo de madera. O como si un perro intentara abrir una puerta con su hocico húmedo, por eso le resbalaba el pomo; pero el perro no se daba por vencido; y acabará entrando, pensó Tom.

Era el ruido que hace un fantasma que se pasea por el desván y va dejando caer al suelo los cacahuetes robados en la cocina.

Era el ruido que hace alguien cuando no quiere hacer ruido.

–¡Otra vez! –susurró Tom a su padre–. ¿Lo has oído?

Entonces también Tim se despertó. Era como si, dentro de la cabecera de la cama, hubiera algo atrapado que quisiera salir de allí a mordiscos, royendo la madera.

Definitivamente, decidió Tom, era el ruido de un monstruo sin brazos ni piernas que arrastraba su cuerpo peludo y viscoso por el suelo.

–¡Es un monstruo! –exclamó Tom.

–No, sólo es un ratón que corretea por el hueco que hay entre las paredes –les explicó su padre.

Tim soltó un grito. No sabía lo que era un ratón. Le asustaba pensar que esa cosa peluda y viscosa, sin brazos ni piernas, correteaba entre las paredes. Además, ¿cómo se había metido allí?

Tom, en cambio, dijo a su padre:

–¡Ah! ¿Sólo era un ratón?

El padre golpeó la pared con el puño y oyeron cómo el ratoncito se escabullía a toda prisa.

–Si vuelve –les dijo entonces–, sólo tenéis que dar un golpe en la pared y se irá.

–¡Bah, un ratón que corre entre las paredes! –exclamó Tom.

Tom se durmió enseguida, y su padre volvió a la cama y también se durmió; Tim, en cambio, no pudo dormir en toda la noche, porque él nunca había visto un ratón y quería estar despierto por si aquella cosa que correteaba entre las paredes volvía.

Y cada vez que creía oír los correteos, Tim daba un golpecito en la pared con la mano y el ratón se escabullía, arrastrando por el suelo su cuerpo peludo y viscoso, sin brazos ni piernas.

Y así se acaba esta historia.

JOHN IRVING nació en Exeter, New Hampshire, en 1942. De 1963 a 1964 residió en Viena, donde escribió su primera novela: *Libertad para los osos*. El éxito, sin embargo, le llegó diez años después, con *El mundo según Garp*, su cuarta novela. Desde entonces, todos sus libros, de los que Tusquets Editores ha publicado ya trece hasta el momento, han sido celebrados en todo el mundo. Autor del volumen de relatos *La novia imaginaria* y del texto autobiográfico *Mis líos con el cine*, en 2000 recibió el Oscar por el guión de la película *Las normas de la Casa de la Sidra*, basada en su novela *Príncipes de Maine, reyes de Nueva Inglaterra*. También *Una mujer difícil* ha sido llevada al cine, en 2004, con el título de *The Door in The Floor*.

TATJANA HAUPTMANN nació en 1950 en Wiesbaden (Alemania), y se dio a conocer con el cuento *Ein Tag im Leben der Dorothea Wutz*, además de como ilustradora de *El libro de los 101 cuentos*, publicado también en España. En 2002 ilustró una alabada edición de *Las aventuras de Tom Sawyer y Huckleberry Finn*, de Mark Twain. En la actualidad vive en Zurich.

Título original: *A Sound Like Someone Trying Not to Make a Sound*

El ruido que hace alguien cuando no quiere hacer ruido es un cuento que
Ted Cole, autor de libros infantiles, le cuenta a su hija Ruth
en la novela *Una mujer difícil*, de John Irving.
Se publica ahora en volumen aparte
con las ilustraciones de Tatjana Hauptmann.

1.ª edición: noviembre 2005